ANIMAUX HÉROS

KARLEEN BRADFORD

ANIMAUX HÉROS

Couverture de
SHARIF TARABAY

Texte français de
Jocelyne Henri

Les éditions Scholastic

Données du catalogage avant publication (Canada)

Bradford, Karleen
Animaux héros

Traduction de: Animal heroes.
ISBN 0-590-24450-7

1. Bravoure animale - Ouvrages pour la jeunesse.
I. Titre.

SF416.2.B714 1995   j636   C95-930041-4

Édition publiée par Les éditions Scholastic, 123, Newkirk Road, Richmond Hill (Ontario) Canada L4C 3G5.

6 5 4 3 2 1   Imprimé au Canada   5 6 7 8/9

Pour Cindy, Phoebe, Prince et Tiff: Les animaux chéris de ma famille.

Remerciements

Je tiens à remercier les propriétaires de ces braves animaux de m'avoir raconté leurs histoires. Ils ont fait preuve de patience envers moi et mes interminables questions, et ils ont été très généreux de leur temps. J'ai pris plaisir à les connaître et à connaître leurs merveilleux compagnons, même si mon chien et mon chat étaient méfiants des odeurs de poils d'animaux étrangers que je rapportais à la maison sur mes vêtements!

Je voudrais également remercier Sid Horton, George Hickinbottom et Jim Allaway, éditeur du *Navy News* à Portsmouth, en Angleterre, pour les informations et les anecdotes qu'ils m'ont envoyées sur Simon, le chat du bateau.

Bill et Jane Thornton, de l'Association canadienne de chiens-guides pour aveugles, à Manotick, en Ontario, ont aussi été extrêmement serviables.

Mes remerciements vont aussi à Tony German, de Old Chelsa, au Québec, pour l'histoire sur le lapin et pour les informations qu'il m'a fournies provenant de son livre *The Sea Is At Our Gates: The History of the Canadian Navy* (McClelland & Stewart, 1990).

Je tiens aussi à remercier Ralston Purina Canada inc. pour leur aide et, en particulier, Sylvia Sharp de la National Public Relations (NPR) Limited. En 1968,

Ralston Purina a créé *L'Animal Hall of Fame* pour honorer les exploits héroïques des animaux de compagnie du Canada. Chaque année, ils font accéder plusieurs animaux à cet honneur, les transportent par avion avec leurs propriétaires jusqu'à Toronto pour assister à la cérémonie de remise des prix. Les animaux de ce livre qui ont accédé au Animal Hall of Fame sont :

Cali	Grizzly	Nago
Charlie	Hustler	Shana
Euchre	Nellie	*et* Tia.

Karleen Bradford

CALI

Le chat de garde

Il y avait une cage pleine de chatons à la Société protectrice des animaux de Toronto lorsque Lauren MacLaren s'y était rendue pour se choisir un animal. Avant leur découverte, ils avaient été maltraités et jetés dans un sac. Il y avait quatre mâles : noirs, blancs ou orange. Ils s'ébattaient et luttaient entre eux. Dès qu'ils avaient aperçu Lauren, ils avaient grimpé avec excitation les uns sur les autres afin d'attirer son attention. Mais Lauren s'intéressait à leur petite sœur effrayée, blottie dans un coin à l'arrière de la cage. Lauren savait que c'était le chaton qu'elle recherchait.

Elle avait ramené Cali à la maison, et au cours des six années qui avaient suivi, elles étaient devenues les meilleures amies du monde.

— C'est mon ombre, dit Lauren. Elle me suit partout.

Une nuit, Lauren dormait dans sa chambre au rez-de-chaussée. Il était environ deux heures du matin. Tout à coup, Cali a bondi sur le lit et sauté sur Lauren. Lauren s'est réveillée en sursaut. Ébranlée et encore à moitié endormie, elle se demandait ce qui arrivait à sa chatte. Cali lui donnait des coups de patte, gémissait, puis grognait sourdement. Elle ne voulait pas laisser Lauren tranquille.

Finalement, Lauren s'est assise, tout à fait éveillée. Au même moment, elle entendait un craquement de l'autre côté de la porte de la chambre à coucher, qui ouvrait sur le patio extérieur. C'étaient des pas qui remontaient furtivement l'allée! Elle les entendait gravir les marches du patio. Elle les entendait se rapprocher. Puis, avec horreur, elle voyait tourner la poignée de la porte.

La porte était fermée à clé, mais la panique s'est emparée d'elle quand la poignée s'est mise à cliqueter. La maison qu'elle habitait était vieille. La porte de bois résisterait-elle?

Il y avait un téléphone à côté du lit, mais la fenêtre adjacente à la porte était entrouverte. Lauren avait peur que l'intrus ne l'entende si elle se servait du téléphone de la chambre. Elle est sortie prudemment du lit et a rampé jusqu'à la cuisine. Aussitôt que Cali a réalisé que son amie était consciente du danger et qu'elle réagissait, elle a fait la seule chose qu'un chat sensé aurait fait à sa place. Elle s'est cachée sous le lit.

Le plus discrètement possible, Lauren a signalé le 9-1-1.

— Les personnes du 9-1-1 ont été merveilleuses, dit maintenant Lauren. Elles m'ont immédiatement calmée. J'étais terrifiée. L'imagination déraille dans une situation pareille. Mais elles m'ont gardée au téléphone et m'ont dit de ne pas me tracasser — même si je ne pouvais voir les policiers, ils étaient déjà sur les lieux.

C'était vrai. Quelques minutes plus tard, l'intrus était capturé sur le patio arrière de Lauren et était mis sous arrêt. Et Cali avait tout observé de sa cachette.

Cali a reçu une médaille de la *Ralston Purina Animal Hall of Fame* pour son intelligence et sa vigilance, qui ont sauvé sa maîtresse cette nuit-là. Lors de la cérémonie, Cali a pris place fièrement à côté de Hustler, le berger allemand, et de Tia, le labrador couleur chocolat, qui étaient eux aussi honorés cette même année.

— Elle avait l'air si petite à côté de ces deux gros chiens, dit Lauren. Ils avaient été d'une telle bravoure pour sauver leurs maîtres — l'un avait repoussé des coyotes et l'autre avait tiré, avec ses dents, une embarcation jusqu'au rivage...

Lauren rit mais sa voix est pleine de fierté.

— Peut-être que les chats ne peuvent pas faire les mêmes choses que les chiens, mais ils sont très instinctifs. Elle savait que ces pas n'étaient pas normaux à cette heure de la nuit, et elle savait qu'elle devait me réveiller. Remarquez qu'une fois qu'elle a su que j'étais réveillée, il n'était pas question qu'elle affronte l'intrus ou qu'elle lui montre les dents!

En plus de la médaille et de plusieurs autres prix, Cali a gagné une provision d'un an de nourriture pour chats. Pour exprimer sa gratitude, Lauren en a fait don à l'organisme qui était responsable de leur rencontre.

Photo : compliments de Lauren MacLaren

Cali

Photo : compliments de Debbie Inions

Hustler

HUSTLER

Le chien qui ne voulait pas abandonner

Debbie Inions s'était rendue à une exposition canine et était tombée en amour avec un berger allemand noir et brun roux, âgé de six mois. Elle avait demandé à ses propriétaires s'il était à vendre, mais ils avaient répondu par la négative. Deux mois plus tard, ils appelaient Debbie pour lui offrir le chien. Ils aimaient leur chien et l'admiraient, mais il ne répondait pas à leurs attentes. C'était un chien très détendu et il ne supportait pas bien l'atmosphère compétitive de l'arène d'exposition. Debbie l'avait amené avec elle à sa ferme, certaine qu'il ferait un bon animal de compagnie pour ses enfants, Tracy, 9 ans, et Curtis, 7 ans. Il avait été élevé dans une famille avec des enfants. Elle l'avait nommé Hustler.

Puisque la famille Inions possédait un troupeau de bovins, Debbie avait décidé d'essayer d'en faire un bon travailleur. Hustler n'avait jamais vu une vache auparavant, mais il semblait savoir comment s'y prendre. C'était le temps du vêlage et ils devaient faire entrer les génisses dans la grange. Hustler s'était joint à eux et donnait aux bêtes un petit coup de dents sur les talons pour les faire avancer. En très peu de temps, il travaillait avec Debbie et son mari, Brian, à faire entrer les bovins dans la chute, à les charger, à éliminer les vaches qui avaient besoin d'aide — tout ce qu'il y avait à faire, il pouvait le faire.

— C'était comme si on avait deux employés de plus pour nous aider, dit Debbie.

Elle ajoute que c'était tout un phénomène. Quand il travaillait avec le troupeau, Hustler pouvait être aussi agressif qu'il était nécessaire pour faire le travail. À d'autres moments, il se promenait nonchalamment parmi le bétail sans causer le moindre problème. Parfois, il couchait même avec les vaches.

— Il y a deux côtés différents chez lui, dit Debbie. Il sait quand il est de service et quand il ne l'est pas. C'est un vrai cœur.

Et c'était vrai. Sa propriétaire précédente gardait des oiseaux — des perroquets et des petites perruches — et les laissait voler librement dans la maison. Hustler en avait trouvé un à l'étage, l'avait transporté gentiment au deuxième entre ses dents et l'avait mis à ses pieds, tout à fait intact. Il l'avait même aidée à récupérer des oiselets qui étaient tombés du nid — il en avait trouvé un au sol et le lui avait ramené.

Toutefois, Hustler devait se familiariser avec les chevaux. Un d'entre eux en particulier n'aimait pas les chiens qui lui couraient trop près des talons. Après quelques coups de pattes mineurs, et un coup assez sérieux qui avait nécessité une opération à un œil, Hustler avait enfin compris le message. Hustler court encore joyeusement avec les chevaux — mais à une distance respectable.

Un soir, après avoir mis Tracy et Curtis au lit, Debbie a décidé de jeter un dernier coup d'œil sur le troupeau. Brian était au champ à semer de l'orge, et elle savait qu'il travaillerait tard afin d'en finir. Elle prévoyait être absente une demi-heure tout au plus. Elle est montée sur son cheval et s'est dirigée vers le champ où se trouvait le troupeau, accompagnée de Hustler.

En montant la colline, un bruit soudain venant du sommet a fait cabrer son cheval. Il a dévalé la colline en sautant de côté. Debbie, qui est une bonne cavalière, est restée en selle. Le cheval s'est retrouvé devant une clôture qui l'empêchait de courir droit devant lui. Il s'est alors retourné vivement, s'est retrouvé devant des broussailles et a sauté de nouveau. Cette fois, Debbie a été projetée par terre.

— J'ai atterri sur une jambe, dit Debbie. Avant que le reste de mon corps ne touche le sol, je savais qu'elle était fracturée. (En fait, deux os étaient brisés en trois endroits.)

Debbie était tout étourdie et la douleur dans sa jambe la clouait au sol. Le cheval, calme maintenant, s'est avancé tranquillement et l'a sentie, curieux de ne pas la voir se relever. Debbie réalisait qu'elle était incapable de bouger. Elle avait emprunté un raccourci à travers les buissons et savait qu'il était impossible que quelqu'un la rencontre par hasard à cet endroit. Si elle réussissait à renvoyer son cheval à la maison, quelqu'un pourrait l'apercevoir et partir à sa recherche.

—Je lui ai jeté des bâtons et l'ai chassé en quelque sorte. Il s'en est allé, mais par le même chemin qu'on avait emprunté, c'est-à-dire à travers les buissons et derrière la grange où personne ne pouvait le voir. Je savais que c'était peine perdue.

Pendant tout ce temps, Hustler était resté à ses côtés. Puis, tout à coup, il a foncé dans les buissons. «Bon, il ne manquait plus que cela, pensait Debbie. J'ai une jambe cassée et il en profite pour chasser un cerf.»

—Je l'ai oublié, mais il est revenu bientôt et se tenait au-dessus de moi en grondant férocement. Je ne pouvais voir que ses dents et il semblait si féroce! Je ne l'avais jamais vu ainsi, car ce n'est pas un chien vicieux. J'ai regardé par-dessus mon épaule, dans la direction où il regardait, et j'ai vu deux coyotes, qui grognaient sauvagement.

Les coyotes n'étaient qu'à quatre mètres de distance et se rapprochaient. Hustler a sauté par-dessus Debbie et les a attaqués. Les coyotes se sont enfuis dans les buissons poursuivis par le chien. Debbie les a regardés disparaître.

— Je ne savais pas qui allait revenir, Hustler ou les coyotes, dit-elle.

Finalement, Hustler est revenu, suivi par les

coyotes. La nuit approchait. Chaque fois que Hustler chassait les coyotes, ils revenaient avec entêtement. La jambe de Debbie saignait abondamment; l'odeur du sang leur était irrésistible.

— C'était très inquiétant, dit maintenant Debbie. Chaque fois, je me demandais combien de temps Hustler réussirait à tenir les coyotes à distance et à quel moment je verrais revenir les coyotes plutôt que le chien.

Mais, chaque fois, Hustler revenait. Debbie s'affaiblissait et tremblait de froid et de peur. Elle entourait Hustler de ses bras et se blottissait contre lui le plus possible pour se réchauffer. Les coyotes ne lâchaient pas. Ils revenaient encore et encore. Encore et encore, Hustler se libérait pour les chasser. La nuit était remplie de leurs hurlements.

Brian Inions est rentré à la maison aux environs de une heure trente du matin. Il était fatigué, mais sa tâche était terminée. La maison était calme; il pensait que Debbie et les enfants étaient endormis. Il s'apprêtait à se préparer un goûter, lorsqu'il s'est rendu compte que les bottes de Debbie n'étaient plus là. Il a regardé dehors et a vu que son cheval n'était plus là, lui non plus. Il est allé voir Tracy, l'a réveillée et lui a demandé si elle savait où se trouvait Debbie. Tracy a marmonné que sa mère était allée jeter un coup d'œil aux vaches. À moitié endormie, elle ne réalisait pas l'heure qu'il était.

Brian a sauté dans son véhicule tout-terrain et s'est mis à la recherche de Debbie. Il y avait beaucoup de terrain à couvrir cependant. Beaucoup de collines et de buissons. Après deux heures de recherches, il n'avait pas encore trouvé Debbie. C'est alors qu'il a vu Hustler qui débouchait sur une clairière à la poursuite de deux coyotes, et il a su que Debbie ne pouvait pas être loin.

— Je n'avais presque plus de voix à ce moment-là, dit Debbie, j'étais si faible. J'avais crié après les coyotes et Hustler avait jappé après eux. Entre ses poursuites, il revenait s'asseoir à côté de moi comme s'il montait la garde.

En suivant Hustler, Brian a fini par trouver Debbie. Il réalisait qu'elle avait trop de mal pour qu'il puisse la déplacer et la ramener dans son tout-terrain. Il devait retourner seul et téléphoner pour une ambulance.

— J'ai soudainement paniqué quand il est parti, pensant que Hustler le suivrait, dit Debbie. Je serais alors seule avec ces coyotes. Il faisait nuit noire et il tombait quelques gouttes de pluie. Le vent s'était levé et j'avais très froid. Puis j'ai aperçu Hustler qui était assis tout près de moi, tout comme il l'avait fait toute la soirée.

Brian est bientôt revenu avec des couvertures. Il en a enveloppé Debbie et ils ont attendu ensemble. Quelque temps après, l'ambulance a réussi à se frayer un chemin dans le sentier. Mais même lorsque les ambulanciers ont embarqué Debbie, même avec tout le monde dans les parages, les coyotes continuaient de tourner autour d'eux, implacables et entêtés.

Debbie est restée deux semaines à l'hôpital. Pendant tout ce temps, Hustler s'inquiétait. Chaque fois que Brian revenait à la maison, le chien s'élançait avec espoir vers le camion et se rendait compte avec déception que Debbie n'y était pas. Quand Debbie est finalement revenue à la maison, la première chose qu'il a faite a été de sentir sa jambe blessée de la hanche à la cheville, comme s'il voulait s'assurer que tout allait bien.

Aujourd'hui, Hustler travaille toujours avec les Inions sur leur ferme. Et il n'est jamais très loin de Debbie.

CHIENS DE TRAINEAUX

Les meilleurs chiens pour les courses de traîneaux sont les chiens esquimaux de l'Alaska, un mélange de chiens huskies sibériens et de colleys ou de chiens de meute, tels les salukis ou les lévriers. L'ascendance esquimaude de ces chiens leur donne leur endurance et leur résistance au froid; leur ascendance de chiens de meute ou de colleys leur donne leur vitesse.

Même si ce n'est pas une espèce enregistrée, chaque chien possède son propre pedigree. Chacun des onze chiens d'une équipe est soigné méticuleusement. Lors des courses hivernales sur la neige verglacée et les pistes inégales, les chiens portent des bottes spécialement ajustées.

Les chiens de course ne sont pas des animaux de compagnie, et ils vivent dans un chenil. Ils grondent férocement et se bataillent entre eux. Mais ce sont des chiens doux et affectueux. Lorsque les jeunes enfants de Paul Guitard l'accompagnent dans le chenil, ils entrent et sortent de leur niche et s'amusent avec eux.

— La seule façon que ces chiens de traîneaux peuvent vous blesser, dit Paul, c'est en vous léchant jusqu'à ce que mort s'ensuive.

Grizzly (devant, à gauche)

GRIZZLY

Le chien qui affronta un ours

Il était environ dix heures par une matinée chaude de juin quand Paul Guitard a décidé d'amener courir ses chiens de traîneaux. Comme d'habitude durant les mois d'été, il a attelé ses chiens à son tout-terrain. Son chien de tête était un husky sibérien noir et gris argent du nom de Grizzly.

Quelques années auparavant, Paul avait acheté un husky sibérien du nom de Kiska, simplement parce qu'il aimait les allures de la race. Après son acquisition, il avait assisté à une course de chiens de traîneaux et s'était bien amusé. Son intérêt s'était de plus en plus développé, et il avait finalement décidé d'acheter un mâle, de bâtir sa propre équipe, et de voir ce qui adviendrait.

Grizzly était le mâle que Paul avait choisi, et bientôt Kiska avait eu des chiots.

— J'en ai gardé plusieurs et j'ai commencé à les atteler à un traîneau, et la première chose que j'ai sue, c'est moi qui suis resté accroché! dit Paul.

Pendant les années qui avaient suivi, Grizzly avait aidé Paul à entraîner les jeunes chiens, et un d'entre eux avait depuis pris la relève comme chien de tête de l'équipe de course de Paul. Mais même le chien le plus rapide ne pouvait remplacer Grizzly dans le cœur de Paul et dans ceux des membres de sa famille. Car le loyal et fidèle Grizzly était plus qu'un chien de traîneau — c'était un héros.

En cette matinée chaude de juin, les chiens, avec Grizzly en tête, couraient bien. Au bout de trois kilomètres, sans crier gare, un ours noir est sorti des buissons. Avant de réaliser ce qui lui arrivait, l'ours était sur Paul et le mordait sauvagement à la jambe et au bras.

— J'ai regardé sur le sentier et j'ai vu deux oursons — nous étions passés entre eux et leur mère — et j'ai pensé, *Oh, Oh. Des ennuis en perspective!* Puis, tout à coup, l'ours m'a jeté en bas du tout-terrain. Les chiens ont fait encore 100 mètres ou plus et j'ai pensé qu'ils étaient partis.

Habituellement si Paul tombe ou perd l'équipe, ils n'arrêtent pas et poursuivent leur course. Mais Grizzly savait que Paul avait des ennuis. Il a fait stopper les chiens, leur a fait faire demi-tour — en même temps que le tout-terrain — et les a ramenés vers Paul. Harnaché et *toujours attaché au reste de l'équipe*, Grizzly a attaqué l'ours. L'ours a lâché Paul et s'est tourné pour combattre le chien; Paul s'est avancé avec difficulté jusqu'à l'arbre le plus près. Juste comme il commençait à grimper, les mâchoires de l'ours se sont refermées sur son pied droit.

— Je lui donnais des coups avec mon pied gauche pour qu'il me lâche, et il me tirait vers le bas de l'arbre, se rappelle Paul. Puis Grizzly l'a attaqué de nouveau et s'est mis à le mordre. L'ours m'a alors lâché et j'ai pu grimper jusqu'en haut de l'arbre — en vitesse!

Grizzly s'est posté au pied de l'arbre, entre Paul et l'ours. Les oursons ont couru de l'autre côté du sentier et sont grimpés à un arbre eux aussi.

— Je m'attendais à ce qu'ils partent aussitôt que tout redeviendrait calme, dit Paul, mais quand les oursons sont partis, deux heures plus tard, la mère est restée là.

À toutes les vingt minutes environ, l'ours se ruait vers l'arbre, mais Grizzly le repoussait. Quand il attaquait, le harnais tirait en avant tous les autres chiens, mais ceux-ci n'avaient nullement l'intention de participer au combat. En fait, juste pour ajouter aux problèmes de Grizzly, ils se sont mis à se battre entre eux — jusqu'à ce que Grizzly les sépare.

Il faisait de plus en plus chaud. Assis dans l'arbre, Paul était en sueur et savait qu'il allait y rester encore un bout de temps jusqu'à ce que quelqu'un s'aperçoive de son absence et se mette à sa recherche. Sa jambe et son bras droits saignaient abondamment et le faisaient énormément souffrir.

— Je suis resté assis là et j'ai attendu, dit-il, et chaque fois que l'ours se ruait vers l'arbre, je me demandais s'il arriverait à grimper.

Mais Grizzly le tenait éloigné. Au bout de trois ou quatre heures, l'ours s'est éloigné lentement de 200 mètres et s'est étendu pour dormir. Paul songeait à descendre de l'arbre pour détacher les chiens et s'enfuir sur le tout-terrain. Il s'est mis à descendre prudemment.

— J'étais rendu à mi-chemin. Il a relevé la tête, m'a regardé, a poussé une sorte de grognement et s'est relevé. J'ai dit «Pas de problème!» et je suis remonté dans l'arbre.

Environ une heure plus tard, — six heures après l'attaque de l'ours — Paul entendait enfin les renforts arriver. Il savait qu'il s'agissait probablement de son beau-frère et de son ami qui étaient à sa recherche.

Paul s'est mis à leur crier de retourner à la maison chercher un fusil parce qu'il y avait un ours. Ils ont fait demi-tour. «Ce fut le moment le plus difficile, dit maintenant Paul, parce que je ne cessais de penser que j'avais été si près d'être sauvé, et s'il réussissait à grimper avant leur retour...»

Paul a brisé une branche et s'en est fait une petite lance. N'importe quoi pour éloigner l'ours s'il réussissait à grimper. Mais Grizzly continuait de monter la garde, et l'ours ne pouvait pas approcher.

Enfin, Paul a entendu ses amis qui revenaient. L'ours aussi les a entendus. Il a traversé le sentier et les a attendus. Dès qu'il les a vus, il a attaqué. Il n'était plus qu'à quelques mètres quand l'ami de Paul a tiré. Paul est resté dans l'arbre jusqu'à ce qu'il soit certain que l'ours était réellement mort; puis, combattant la douleur et la fatigue, il s'est mis à descendre.

La première chose qu'il a faite a été de soigner Grizzly. Le chien n'avait qu'une petite entaille sur le museau, là où une des griffes de l'ours l'avait atteint. Même s'il avait été gêné par le harnais et tous les autres chiens, il était arrivé à être plus vite sur ses pattes que l'ours.

Quant à lui, Paul avait une entaille au bras droit et le mollet de sa jambe droite était déchiré. Il apprit plus tard qu'il s'était brisé la cheville gauche en donnant des coups de pied sur le museau de l'ours.

— Non pas que cela a été utile, dit-il maintenant. Je crois que cela n'a réussi qu'à le rendre plus furieux. C'est Grizzly qui m'a sauvé. Je peux dire honnêtement, et je l'ai dit une centaine de fois, je ne serais pas ici si ce n'était de ce chien. Je serais mort. Cet ours m'aurait tué.

De retour à la maison et ses blessures soignées, Paul se tracassait au sujet des oursons privés de leur mère. Un biologiste, qui l'a appelé plus tard, l'a assuré que les oursons étaient probablement assez vieux pour se débrouiller seuls. Il a ajouté que le comportement de la mère, qui n'était pas allée à la recherche de ses oursons, était si inhabituel qu'il devait déjà y avoir quelque chose qui clochait.

Grizzly est plus vieux maintenant, et il a ralenti son allure. Mais il court encore avec le fils de Paul. Il a une place privilégiée parmi tous les autres chiens. Quand Paul est absent, sa femme, Jan, fait rentrer Grizzly dans la maison pour lui tenir compagnie. Le chien qui a affronté un ours adore son statut d'animal de compagnie; il se laisse joyeusement tirer les oreilles et malmener par les enfants.

— Ce n'est qu'un chien insouciant et sans malice, dit Paul d'une voix pleine d'affection et de fierté.

L'AKITA

L'akita a été élevé pour chasser l'ours, le daim et le sanglier sauvage dans les montagnes accidentées du nord du Japon. À une certaine époque, seulement la famille royale et d'autres gouvernants japonais avaient le droit de posséder des akitas. L'akita est devenu si célèbre et si populaire dans son pays d'origine que le gouvernement japonais a fait du chien un monument national et une richesse nationale. L'akita est devenu un symbole de bonne santé au Japon. Quand un bébé vient au monde, on lui offre souvent une petite statue d'un akita pour symboliser santé, bonheur et longue vie. On offre aussi ces statues aux malades comme cadeau de prompt rétablissement.

L'akita est un gros chien, robuste et musclé, aux oreilles droites, au corps vigoureux recouvert d'une fourrure courte et épaisse et d'une queue qui s'enroule sur son dos. Il peut être blanc ou brun fauve, avec des mèches ou des taches sombres. Les chiens brun fauve et les tachetés ont un masque sombre ou une marque sur la tête.

Les akitas sont affectueux et loyaux avec la famille et les amis, et féroces lorsqu'il s'agit d'inconnus. Jadis, les mères japonaises laissaient même leurs enfants sous la garde de ces chiens.

NAGO

Le chien gardien d'enfants

Jeff et Loys Fawcett ont eu Nago, un akita, quand celui-ci n'était âgé que de sept semaines. Le chiot était le centre d'attraction de la maisonnée — presque comme un premier enfant. C'est pourquoi lorsque les Fawcett ont eu leur premier bébé, ils étaient un peu inquiets. Mais Nago ne manifestait pas de jalousie. Il léchait l'enfant derrière la tête jusqu'à ce qu'elle en dégoutte, et à partir de ce moment, Lynn et ensuite ses sœurs, Alaina et Elizabeth, sont devenues les responsabilités premières de Nago.

— Si quelqu'un arrive dans la cour quand les

filles s'amusent, Nago se place entre la personne et les enfants et ne leur permet pas d'approcher l'inconnu, dit Loys. Il ne grogne pas — il ne fait que rester là avec l'air méchant.

Nago était un chien de garde féroce quand c'était nécessaire, et pas uniquement avec les enfants. Quand la famille s'absentait, elle le gardait souvent attaché à l'extérieur. Un jour, un homme qui faisait des travaux sur la maison s'était approché et lui avait offert un demi-sandwich. Nago l'avait pris, puis l'avait laissé tomber sur le sol. Il n'avait pas voulu le manger. L'homme avait insisté et avait approché la main pour toucher Nago. Heureusement pour lui, il portait des gants épais. Nago l'avait dissuadé en le mordant, pas suffisamment pour percer le gant, mais assez fort pour l'avertir qu'il était de garde et qu'il n'aimait pas voir des inconnus s'approcher, même s'ils apportaient des sandwiches. Deux heures plus tard, quand Loys était revenue à la maison, le sandwich était toujours intact et le travailleur gardait ses distances.

Un soir, un homme s'était approché de Loys quand elle promenait Nago. Elle n'est pas encore certaine des intentions qui l'habitaient, mais il n'a jamais eu la chance de les clarifier. Avant qu'il n'ait pu s'approcher d'elle, Nago s'était mis à gronder en montrant les dents et avait essayé de le mordre en tirant brusquement sur sa laisse. Il avait fallu toute la force de Loys pour le retenir.

Malgré sa férocité, Nago est un chien tranquille, qui a bien conscience de sa taille. Habituellement, il fait attention pour ne pas bousculer ou pousser trop fort sur les gens, spécialement les enfants. Il est si amical et doux qu'il est l'invité préféré dans les écoles où Loys l'amène pour enseigner aux enfants le comportement canin — ce qu'ils doivent faire ou ne pas faire lorsqu'ils sont en présence de chiens. Il visite des hôpitaux et les patients aiment bien le caresser. Il se fait des amis rapidement. Lors d'une de ces visites dans un centre hospitalier, il y avait un vieillard qui ne parlait à personne, qui restait assis durant des heures dans son fauteuil roulant, fixant le vide, les mains jointes sur ses genoux. Quand Loys avait amené Nago dans la salle, le chien s'était tout de suite dirigé vers le vieillard. Il avait posé le museau sur son ventre et avait mis la tête sur ses genoux. Le visage du vieil homme s'était éclairé et il s'était mis à caresser les oreilles du chien. Avant de tomber malade, ce fermier avait eu un gros chien et Nago lui rappelait certainement des souvenirs agréables.

Doux ou pas, Nago a beaucoup d'énergie. Pour lui en faire dépenser, Loys et Jeff le font souvent courir derrière l'auto sur des routes de campagne près de chez eux. Trente kilomètres à l'heure est une vitesse qui lui convient parfaitement, même à dix ans. À cause de ce besoin d'exercice peu commun, Loys le laisse courir librement le plus souvent possible.

Par un matin froid de mars, Nago était en liberté quand Loys, Lynn, Alaina et Elizabeth se sont mises en route en direction de l'arrêt, en haut de la colline, pour attendre l'autobus scolaire. Il avait fait chaud la veille, puis le sol avait gelé durant la nuit. La journée s'annonçait belle, mais il était encore tôt et la route était verglacée. Nago suivait les filles en faisant des cabrioles dans les champs. Une fois arrivée à l'arrêt, Loys a appelé Nago à ses pieds et lui a commandé de s'asseoir à ses côtés. Alaina, qui avait six ans, s'est mise à jouer dans la terre près de l'arrêt et les deux autres fillettes sont restées près de Loys.

— Nago ne désobéit jamais à un ordre, dit Loys, mais il y apporte des nuances. Il obéit, mais cela doit se faire selon ses conditions.

Ce jour-là, Nago s'est assis docilement quand elle lui en a donné l'ordre, mais en faisant face dans la direction opposée à celle de Loys qui surveillait l'autobus.

C'est pourquoi Nago a été le seul à apercevoir le camion qui gravissait la colline dans leur direction en remorquant un épandeur à fumier. Il a été le seul à voir le camion toucher une plaque de glace et déraper. Il a été le seul à voir l'énorme épandeur à fumier tourner de travers et foncer tout droit sur Alaina.

Nago s'est précipité sur Alaina et l'a déséquilibrée. Alaina s'est agrippée à la fourrure du chien pour éviter de tomber et s'est sentie emmenée de force loin de la route.

— Espèce de nigaud! lui a-t-elle crié.

Tout s'est déroulé en l'espace de quelques secondes.

— Nago et Alaina sont soudainement apparus en face de moi et j'ai réalisé qu'il avait désobéi à mon ordre, dit Loys.

Elle s'apprêtait à disputer Nago lorsque Lynn a crié :

— Alaina a failli être frappée!

Loys s'est retournée brusquement. L'épandeur à fumier était à quelques pouces de l'arrêt où Alaina s'amusait quelques instants plus tôt. Le conducteur du camion était assis, très secoué, la tête appuyée sur le volant. Loys et Lynn se sont précipitées sur Nago.

— Bon chien! ont-elles crié.

— Je ne vois pas ce qu'il a fait de si bon, a rétorqué Alaina.

— Je ne sais pas si les animaux réfléchissent ou non, dit aujourd'hui Loys en hochant la tête, mais je sais que Nago ne désobéit jamais à un ordre, et quand il a vu le camion se diriger sur Alaina, il l'a sauvée.

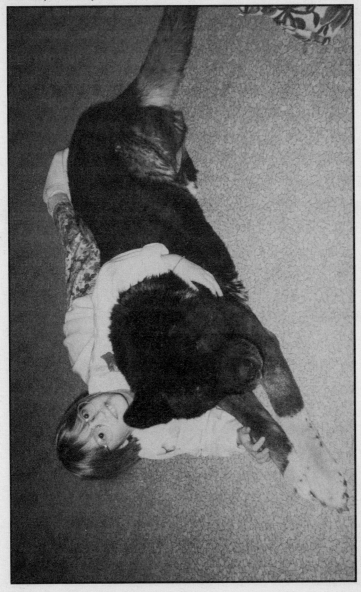

Nago et Alaina

Photo : compliments de Ken Emerson

Nellie et Ken

NELLIE

Le chien qui savait quoi faire

Nellie est un gros berger allemand noir et brun roux, aux yeux doux. Elle avait eu une portée de neuf chiots de race et une idylle inattendue avec un chien qui avait sauté par la fenêtre. Elle avait appartenu au petit-fils de Ken Emerson, mais lorsque celui-ci s'était marié et était parti pour la ville, Ken avait ramené Nellie avec lui. Il cultivait le tabac et Nellie pouvait courir à sa guise sur la ferme.

Nellie connaissait Ken et sa femme, Pauline, depuis longtemps, même qu'elle était déjà restée avec eux quand leur petit-fils les avait visités, c'est pourquoi le changement ne lui avait pas déplu. Elle adorait faire les tournées de la ferme avec Ken. Une chance — c'est probablement cela qui lui a sauvé la vie.

Cet après-midi-là, Ken est revenu à la maison vers deux heures trente, après une assemblée communautaire. Il voulait vérifier le système d'irrigation sur sa propriété parce qu'il y avait un projet pour une nouvelle digue.

Le chemin étant accidenté, il a décidé de prendre le tracteur. Il a griffonné une note à Pauline lui disant quelle heure il était, où il allait, en précisant qu'il serait de retour sous peu. Il a démarré le tracteur et s'est mis en route, suivi de Nellie qui courait en remuant la queue avec espoir. Il a voulu lui dire de rester à la maison, puis il a changé d'avis en pensant que ce serait un bon exercice pour elle.

Après avoir vérifié la digue, Ken s'est dirigé à l'arrière de la ferme. Il y avait un rondin en travers du chemin pour décourager les intrus, aussi devait-il le contourner. Mais pour cela, il devait monter une pente assez abrupte. En commençant son ascension, il a senti que l'avant du tracteur se soulevait.

— J'ai laissé descendre le tracteur en essayant de le maintenir à l'aide des freins, dit Ken. Je pensais que la meilleure chose à faire était de virer de bord et de descendre la colline de face, plutôt que d'essayer à reculons.

Mais le devant du tracteur s'est accroché, a basculé et, avant de réaliser ce qui lui arrivait, Ken a été projeté au sol. Le tracteur s'est retourné sur lui, puis a fait plusieurs tonneaux jusqu'au bas de la colline.

Ken gisait sur le sol, seul dans le silence absolu, à l'exception de son chien. Chose étrange, il ne ressentait aucune douleur. Nellie, assise à dix mètres plus bas, le regardait.

— J'ai essayé de me faire glisser vers le bas de la colline jusqu'à elle, dit Ken, mais quand j'ai tenté de bouger, mes jambes se sont écartées et je n'ai pas pu les rapprocher. J'ai pensé que ma jambe droite devait être fracturée, mais je pouvais aussi entendre les os de mon bassin qui craquaient.

En état de choc, il n'éprouvait toujours pas de douleur. «Eh bien, je vais me traîner jusqu'à la route», se disait Ken, espérant que quelqu'un passerait par là bientôt. Mais il s'est vite rendu compte qu'il en était incapable. C'est à ce moment qu'il a pensé à Nellie.

— J'ai pensé que je devais prévenir Pauline d'une manière ou d'une autre, parce que j'étais dans un endroit où personne ne pouvait me voir. La seule chose qui m'est venue à l'esprit a été d'envoyer Nellie à la maison avec un objet qu'elle pourrait reconnaître.

Ken avait toujours un couteau de poche sur lui. Il l'a sorti et s'est mis à découper sa chemise. C'était une chemise épaisse, pas facile à déchirer, mais il a enfin réussi à la couper et à en déchirer un morceau.

— Nellie, viens, a-t-il appelé.

La chienne est venue vers lui. Il lui a donné une tape affectueuse et a noué la chemise à son collier. Maintenant, il s'agissait de lui faire comprendre ce qu'il attendait d'elle. Le petit-fils de Ken avait entraîné Nellie à obéir, mais Ken ignorait si on lui avait enseigné l'ordre de retourner à la maison. Mais il devait essayer.

— Va à la maison! a-t-il ordonné.

Nellie a reculé d'un mètre environ, l'air inquiet, puis s'est rassise.

— Va à la maison! a répété Ken.

Elle a reculé d'un autre mètre.

— Nellie, va à la maison. Va à la maison, Nellie! a-t-il dit, le plus sévèrement possible.

Elle s'est levée et, après un dernier coup d'œil inquiet, est disparue dans les buissons.

— Je pensais que j'avais fait tout ce que je pouvais, dit maintenant Ken.

Après le départ du chien, Ken a oscillé entre la conscience et l'inconscience. Il se souvenait d'avoir fixé le ciel nuageux et sombre. Il se souvenait du sol froid — si froid! — même si on était en mai. Et il se souvenait des fourmis.

— Jamais je n'aurais cru qu'il y avait autant de fourmis, dit-il. Elles se promenaient partout sur mon corps.

Pauline est revenue à la maison vers quatre heures, après avoir magasiner avec sa sœur. Elle a trouvé la note de Ken, avec l'indication de l'heure. Elle était étonnée qu'il ne soit pas encore rentré. Elle a regardé par la fenêtre et a vu Nellie, assise près de la maison des voisins, avec ce qui lui semblait être un chiffon noué autour du cou. Elle a appelé le chien et a dénoué la chemise, puis elle a appelé les voisins pour vérifier si c'étaient eux qui la lui avaient mise autour du cou pour une raison quelconque. Ils lui ont assuré qu'ils n'y étaient pour rien. Elle a examiné plus attentivement le morceau de tissu et s'est aperçue qu'il provenait de la chemise que Ken portait le matin même. Elle a su alors que quelque chose de grave était arrivé.

Les voisins se sont regroupés et ont suivi les traces du tracteur. Finalement, ils ont retrouvé Ken. Ils ont appelé une ambulance qui l'a mené en vitesse à l'hôpital.

Ken est resté hospitalisé durant quatre semaines. Il a eu une fracture du bassin et des côtes brisées. Malgré le verdict des médecins qui prévoyaient que la récupération allait être très longue, il se promenait dehors moins d'une semaine après avoir quitté l'hôpital et sa guérison est maintenant presque complète.

Et Nellie? En 1994, la *Ralston Purina Animal Hall of Fame* lui a décerné une médaille de bravoure.

D'après Ken et Pauline, Nellie n'avait jamais encore entendu l'ordre «Va à la maison». Malgré cela, elle a compris ce que Ken attendait d'elle.

«Elle était assise et me surveillait quand j'essayais de me traîner, dit Ken. Elle savait que quelque chose n'allait pas.» Ken est resté allongé par terre, blessé grièvement et souffrant d'un choc et du froid, pendant plus de deux heures. Si les secours avaient tardé encore plus, il aurait pu en mourir.

— Elle a mangé plus de fromage et de viande de charcuterie cette journée-là! dit Pauline en riant.

L'INCIDENT DU YANG-TSEU-KIANG

Une guerre civile a fait rage à travers la Chine entre 1946 et 1949. Après la fin de la Deuxième Guerre Mondiale, deux partis ont lutté pour le contrôle du pays. Tchang Kai-chek était à la tête du Parti Nationaliste; Mao Tsé-toung dirigeait le Parti Communiste.

La Grande-Bretagne était un pays neutre — le gouvernement anglais n'appuyait aucun des deux partis — et conservait son ambassade à Nankin sur le fleuve Yang-tseu-kiang. Malgré la neutralité de la Grande-Bretagne, en avril 1949, le capitaine et l'équipage d'une frégate anglaise, H.M.S. *Amethyst*, se sont retrouvés en plein coeur de la bataille.

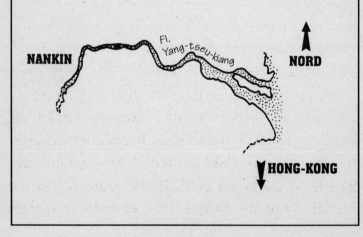

SIMON

Le chat du bateau

Simon, un chaton blanc et noir, avait été trouvé sur l'île Stonecutters, au large de Hong-Kong. Il avait été embarqué sur l'*Amethyst*, une frégate de l'armée anglaise qui était postée à cet endroit, et on lui avait confié la tâche très importante d'attraper les rats qui tentaient de se glisser à bord.

Très rapidement, le chat était devenu l'animal de compagnie et la mascotte de l'équipage. Les jeunes marins surtout l'adoraient, en particulier le marin de première classe Sid Horton. À dix-sept ans, Sid était le plus jeune à bord. Il était dans la marine depuis l'âge de quinze ans, et n'avait jamais participé à une bataille. Cela devait changer le 20 avril 1949, une semaine après que Sid s'était joint à l'équipage de l'*Amethyst*.

Tôt, ce matin-là, l'*Amethyst* remontait le fleuve chinois Yang-tseu-kiang, transportant de la marchandise pour l'ambassade de Grande-Bretagne à Nankin. Le brouillard tourbillonnait dans le sillage du bateau qui bouillonnait dans les eaux troubles. Sur la rive nord du fleuve se trouvait l'armée révolutionnaire, avec ses fusils et son artillerie lourde (canons) pointés sur la rive sud, où l'armée nationaliste de Tchang Kai-chek était postée.

Parce que la Grande-Bretagne n'appuyait aucune des deux armées, le capitaine de l'*Amethyst*, John Kerans, s'attendait à une traversée plutôt calme. Malgré tout, il savait qu'il devait franchir la zone de combat avec prudence. Les communistes chinois avaient déjà tiré sur l'armée nationaliste postée sur la rive sud, et l'*Amethyst* devait passer au milieu.

Au départ, l'épais brouillard masquait le bateau, mais avec le lever du soleil, la chaleur le dissipait peu à peu. L'équipage était tendu et vigilant. À neuf heures vingt, une flamme est soudainement apparue sur la rive nord et un obus a sillonné le ciel. Quelques secondes plus tard, il explosait, déchirant le poste de timonerie. L'homme à la barre a été touché et s'est effondré sur le côté, entraînant avec lui le gouvernail vers la gauche. Le bateau a obliqué vers la rive.

L'*Amethyst* a commencé à rendre les coups, et la bataille a fait rage pendant plusieurs heures. Finalement, après midi, les fusils des Communistes se sont tus. L'équipage de l'*Amethyst* a pu évaluer les dommages. Des 183 membres de l'équipage, 23 étaient morts ou agonisants, 31 étaient blessés, incluant le capitaine et ses officiers supérieurs. Le bateau était tellement endommagé qu'il était impossible à gouverner. (Il a été établi plus tard que le bateau avait été touché 53 fois.) Il labourait la boue de l'île Rose, au large de la rive sud, et s'enfonçait rapidement.

L'arrêt des hostilités se poursuivait, et les officiers ont tenté de dégager le bateau de la boue. Finalement, vers minuit, ils réussissaient et ils avaient déplacé le bateau d'un kilomètre en amont. À chaque fois qu'ils se mettaient en route, les Communistes faisaient feu sur eux.

Dans tout le désordre qui régnait, personne

n'avait eu le temps de penser à Simon. Mais quand les choses se sont calmées, Simon est apparu. Il saignait dû à un éclat d'obus, sa fourrure était roussie, sa figure brûlée. Il faisait vraiment peine à voir. Personne ne savait avec certitude ce qu'il lui était arrivé, mais le lit du capitaine était sa place préférée pour se coucher et un obus avait explosé dans cette cabine, perçant la coque juste à côté.

Le petit chat ne s'est cependant pas laissé abattre. Se frottant affectueusement contre les jambes de ses amis qui étaient réunis pour un repas de fortune, il a englouti avidement tous les restes qu'ils lui ont donnés. Sid Horton était particulièrement heureux de voir que Simon avait survécu. Quant à lui, il s'était fracturé un bras.

Cette nuit-là, Sid était étendu dans son hamac quand il a entendu gratter le long des tuyaux à vapeur qui couraient au-dessus de sa tête. Un rat filait à toute allure, poursuivi de près par un chat au pied sûr. Blessé ou non, Simon s'était remis à la tâche.

À contrecœur, les hommes ont jeté l'ancre. Le soleil se levait; la chaleur s'intensifiait. L'*Amethyst* était immobilisé. Il n'y avait aucun moyen de s'en sortir.

L'*Amethyst* est resté immobilisé sur le fleuve Yang-tseu-kiang pendant 101 jours. En dépit du rationnement sévère, la nourriture commençait à diminuer sérieusement. Les hommes réussissaient à faire le commerce avec les villageois riverains pour se procurer des œufs, du chou et d'autres légumes frais mais, malgré cela, c'était insuffisant. Pendant ce temps, la chaleur du jour était étouffante et les rats se multipliaient à un rythme alarmant.

C'est à ce moment que Simon s'est mis à l'œuvre. Même s'il souffrait encore des séquelles de ses blessures et brûlures, le petit chat a protégé les maigres provisions des hommes durant les trois mois que le bateau a été immobilisé sur le fleuve. Il attrapait au moins un rat par jour — même si certains étaient plus gros que lui.

L'*Amethyst* a finalement réussi à s'échapper le dernier jour de juillet. Le capitaine avait soigneusement planifié l'évasion. À la tombée de la nuit, il a remonté l'ancre et l'*Amethyst* s'est mis doucement en route. Faisant de la fumée pour se mettre à l'abri et serpentant désespérément pour éviter les obus tirés dans leur direction, ils ont foncé vers la liberté.

C'était une course folle et presque aveugle. Le Yang-tseu-kiang est un fleuve plein de coudes, de virages et de bancs de sable, et personne à bord ne connaissait ses eaux. Se fiant à des cartes qui n'étaient peut-être pas à jour, ils ont dépassé à toute vapeur les artilleurs.

Ils étaient à environ 70 kilomètres de Woosung, à l'embouchure du Yang-tseu-kiang. Ils sont arrivés à destination au moment où les premiers rayons de soleil commençaient à éclairer le ciel.

La nouvelle de leur exploit héroïque avait circulé rapidement. De même que celle de Simon, le brave chat qui avait protégé leurs provisions. Quand les hommes sont retournés à Hong-Kong, des journalistes et des photographes les ont accueillis. Sid Horton a eu l'honneur de tenir le chat pour toutes les photographies prises par les média.

Simon a été proclamé héros. De retour en Angleterre, on lui a remis la médaille Dickin — la plus haute distinction pour les animaux — en reconnaissance de sa bravoure au combat et pour s'être débarrassé des nombreux rats malgré ses blessures causées par un éclat d'obus. Il est maintenant enterré à Ilford, Essex, et l'inscription sur sa pierre tombale se lit comme suit :

En mémoire de Simon. Il a servi sur le H.M.S. *Amethyst*, Mai 1948 - Novembre 1949. Tout au long de la bataille sur le Yang-tseu-kiang, sa conduite a été exemplaire.

Photo : compliments de George Hickenbottom

Simon

Samantha

SAMANTHA

Un chien plutôt maternel

Il y avait un chien aux écuries où Alana Tintse montait à cheval. C'était un berger allemand, avec peut-être un mélange de chien esquimau. Les propriétaires des écuries l'avaient trouvée — elle était perdue ou avait été abandonnée. Même si elle était gentille, ils ne désiraient pas vraiment la garder. L'entraîneur d'Alana était sur le point d'amener le chien à la Société protectrice des animaux, mais Alana était déterminée à lui trouver un maître. Incapable de l'accueillir chez elle, elle avait demandé à des amis, Brian et Michelle Holmes, s'ils voulaient prendre le chien.

«Certainement, avait dit Michelle. On va prendre un deuxième chien.» Ils l'avaient nommée Samantha.

Les Holmes avaient déjà un chien, Monty, un chiot de race mêlée. Au début, Samantha semblait déterminée à le perdre. Elle emmenait Monty dans de longues explorations — et revenait tranquillement à la maison sans lui. Brian Holmes recevait plusieurs appels pour aller le récupérer. Mais le temps que Monty apprenne à retrouver son chemin, les instincts maternels de Samantha s'étaient développés. Elle était devenue très protectrice à son endroit, et les deux chiens ne se laissaient plus.

Quand les Holmes avaient pris en charge pour quelque temps le yorkshire-terrier et le lhasa apso d'un ami, Samantha avait été une gardienne parfaite pour les deux petits chiens. Elle avait retrouvé Whoopi, le yorkshire-terrier, quand il s'était perdu dans les bois. «Remarquez, dit Brian, je pense qu'au début Samantha pensait que Whoopi était un écureuil!» Samantha était même douce avec les poulets et les canards de Brian.

Samantha aimait particulièrement les enfants. Quand Brian l'amenait en ville dans son camion et qu'elle voyait des enfants jouer dans la cour de récréation, elle devenait très agitée tant elle voulait se joindre à eux. Quand un enfant venait les visiter, elle l'accueillait et le léchait avec excitation, et les quatre petits-enfants des Holmes étaient ses préférés.

Un jour, Brian travaillait à son ordinateur. Monty était dans la maison avec lui. Brian a entendu Monty japper et est allé voir à la porte si quelqu'un arrivait en voiture. Il a aperçu Samantha et un jeune enfant qui se cramponnait à elle, les bras autour de son cou. Quand Samantha a vu Brian, elle s'est arrêtée, s'est tournée, et s'est mise à lécher l'enfant. Brian a saisi son manteau.

On était en février, la neige était profonde, et la température tournait autour de dix degrés sous zéro, avec un vent violent. L'enfant n'était vêtu que d'un léger veston déboutonné, et sans chapeau. Il avait des mitaines, mais elles pendaient au bout d'un cordon à côté de ses mains nues. Il ne pleurait pas, mais il tremblait de froid.

Brian a regardé aux alentours. Il n'y avait personne. Il essayait de savoir le nom de l'enfant, mais n'arrivait pas à comprendre ce qu'il disait. Il a regardé encore dans les environs pour voir s'il y avait un adulte en vue. Il a même dévalé en courant sa longue allée, pensant qu'il y avait peut-être eu un accident à cause de la chaussée glissante et qu'une auto s'était retrouvée dans le fossé.

La seule auto qu'il a trouvée était un petit jouet jaune à piles abandonné sur la route enneigée. Brian l'a ramassé et l'a déposé dans son allée, là où on pouvait l'apercevoir de la route, puis est vite revenu pour faire entrer le garçon dans la maison.

Une fois à l'intérieur, il a enlevé le veston du garçon et s'est mis à lui frotter les mains. L'enfant acceptait l'aide de Brian avec confiance, et se réchauffait lentement. Le biscuit que Brian lui a donné l'a aidé aussi. Brian continuait de lui poser des questions. Il pensait comprendre que le nom du garçon était Ronald, puis il a découvert peu à peu qu'il s'en allait «voir maman et le nouveau bébé.»

Brian a téléphoné à la police provinciale de l'Ontario. Avant qu'elle ne soit arrivée, un père très inquiet était déjà sur les lieux.

Il semblait que Donald — c'était son nom — trois ans, s'était réveillé de bonne heure ce matin-là et avait décidé de se rendre à l'hôpital avec son auto à piles pour voir sa mère et sa nouvelle petite sœur. Il s'était habillé du mieux qu'il avait pu — il avait même réussi à mettre ses bottes — et s'était mis en route pendant que son père dormait encore. Les piles de la petite auto s'étaient éteintes à environ un kilomètre de la maison, devant l'allée de Brian et Michelle Holmes.

Personne ne sait réellement ce qui s'est passé à ce moment, mais Samantha, qui était dehors, l'avait trouvé. Donald avait dû se cramponner à elle pour se réchauffer et se réconforter, et elle l'avait ramené vers Brian.

Le lendemain, la police provinciale avait prévenu Brian que l'enfant avait souffert d'hypothermie (une baisse dangereuse de la température interne du corps). Le secteur autour de la maison des Holmes était assez isolé, et si Samantha n'avait pas trouvé Donald, il aurait pu mourir. Les policiers étaient heureux de rapporter une histoire avec une fin si heureuse, et ils ont fait parvenir un communiqué aux média. Les journalistes et les équipes de prises de vues sont arrivés sans tarder, et Samantha est devenue célèbre. Elle a été invitée à l'émission *CBC Radio Noon*, à la télévision, et sa photo est apparue dans tous les journaux locaux. Ce printemps-là, elle a été choisie pour recevoir le prix «Héros de l'Année» décerné par la Société protectrice des animaux de l'Ontario.

Et la mère de Donald a promis de donner une provision à vie de biscuits pour chien à la chienne maternelle.

DU CHIEN ENJOUÉ AU CHIEN-GUIDE

Les chiens-guides sont élevés soigneusement. À l'âge de 6 à 8 semaines, on les envoie dans une famille adoptive. Là, pour un an ou un peu plus, ils vivent comme des chiens normaux — ou presque. Leurs propriétaires temporaires donnent aux chiens amour et affection, mais ils savent que ces chiots sont dressés pour une des carrières les plus importantes qu'un chien peut avoir — chien-guide pour aveugle. Pendant que les chiens sont encore jeunes, les propriétaires adoptifs les dressent à réagir dans toutes sortes de situations. Les chiens se promènent sur des rues achalandées, montent dans des autobus, des trains et des métros, entrent dans des restaurants et dans des centres commerciaux bondés. Ils sont exposés à beaucoup de bruits, à des troubles soudains et à des distractions excitantes. Et on les incite à jouer avec les enfants et à les tolérer.

Quand ils atteignent l'âge de 14 mois, ils retournent au centre pour chiens-guides où ils subissent un dressage rigoureux durant 5 à 9 mois. Tous les jeunes chiens ne réussissent pas. Ceux qui y arrivent sont finalement prêts à être jumelés.

Tout comme les chiens sont soigneusement choisis, il en va de même pour les propriétaires éventuels. Un candidat pour un chien-guide est soumis à une procédure sévère de sélection. Une fois qu'il ou elle a été approuvé, les entraîneurs de chiens-guides choisissent le chien qu'ils croient approprié. La personne aveugle est amenée au centre pour suivre un cours de dressage intensif avec son nouveau partenaire canin. À la fin du cours, le chien et l'aveugle sont liés de façon très particulière.

Les chiens peuvent aussi être dressés pour servir d'oreilles à un malentendant et pour surveiller ou aller chercher du secours pour une personne victime d'une attaque d'épilepsie. Ces chiens signifient la liberté et l'indépendance pour leurs propriétaires — et sont les compagnons les plus fidèles et les plus loyaux qu'un être humain ne pourrait jamais espérer avoir.

FLOYD

Le géant doux

«Je marchais sur la route et j'entendais des pas qui avançaient vers moi. Puis je les entendais qui ralentissaient. Puis je les entendais encore qui me contournaient — ou même qui traversaient de l'autre côté de la rue.»

En voyant Floyd, le chien-guide de Glen Murphy, venir vers vous sur un trottoir étroit, vous lui laisseriez probablement le chemin, vous aussi. Floyd est un des plus gros bergers allemands qu'il vous sera donné de rencontrer. Bien assis, ce chien peut appuyer le museau très confortablement sur votre table de salle à manger, et du museau à la queue, il est aussi long qu'une bicyclette.

Glen avait obtenu Floyd durant sa deuxième année à l'université de Calgary. Parce qu'on était au milieu de l'année et que Glen ne pouvait s'absenter, l'Association canadienne des chiens-guides pour aveugles, située à Manotick, en Ontario, avait envoyé Floyd et son entraîneur chez Glen, par avion. Ils avaient suivi un entraînement intensif d'une durée de trois semaines. Ils avaient dû reprendre l'itinéraire habituel de Glen. Bientôt, Floyd connaissait le chemin pour aller à l'arrêt d'autobus, le trajet de l'autobus, et comment trouver, par son nom, chaque édifice sur le campus que Glen fréquentait.

Floyd avait appris l'itinéraire vite et bien, si bien qu'il avait réussi à trouver par lui-même des raccourcis pour aller à certains édifices. Et malgré sa taille, il se révélait très doux.

— C'est le genre de chien à qui il faut parler doucement, dit Glen. Si jamais on élève la voix, cela le blesse instantanément. Les gens pensent qu'il doit être difficile à contrôler, mais il est si docile avec l'attelage ou la laisse qu'il obéit admirablement à un ordre subtil et à un petit claquement des doigts. Il est gros, cependant, ajoute

Glen. Un jour, il a décidé de mettre ses pattes sur mes épaules. Je suis assez grand — environ 1,75 mètre — mais il est plus grand que moi!

Floyd avait appris très rapidement que Glen était sa responsabilité, et il était toujours protecteur. Glen prenait des cours de karaté, et il avait été difficile de convaincre Floyd qu'il n'avait pas besoin de protection quand il se battait. Un soir, cela s'était avéré trop pour Floyd. Mike, un ami, était venu rejoindre Glen à un tournoi, et lui avait donné une tape amicale sur l'épaule avec un journal roulé. Grosse erreur.

Instantanément, Glen avait senti Floyd qui sautait, et il avait entendu son ami crier : «Glen! Glen!»

— Que se passe-t-il? avait demandé Glen.

— Ton chien! Ton chien!

Glen avait alors étendu le bras, et avait senti que Floyd tenait Mike cloué au sol. Mike était costaud, environ 100 kilogrammes. Floyd ne le mordait pas, mais il avait son bras dans la gueule, là où il tenait le journal roulé, et il ne le laissait pas bouger. Glen avait laissé son chien sur Mike pendant quelques minutes, puis lui avait dit : «Assez, Floyd.» Le chien avait lâché Mike.

— Je ne l'ai jamais dressé pour faire cela, ajoute Glen. Il l'a simplement fait par instinct.

Glen a une bonne raison d'être reconnaissant à Floyd pour son instinct protecteur, car cela lui a probablement sauvé la vie. Les chiens-guides sont des chiens héroïques chaque jour de leur vie — chaque fois qu'un écureuil traverse devant eux et qu'ils ne le pourchassent pas. Mais Floyd est allé encore plus loin.

Glen vivait avec sa mère à cette époque. Un soir, Floyd l'a réveillée en lui saisissant le bras et en le tirant. Elle s'est alors levée et il l'a tirée jusqu'à la chambre de Glen. Glen était étendu sur le plancher, inconscient et ensanglanté. Elle s'est précipitée pour appeler le 9-1-1; les infirmiers et l'ambulance sont arrivés quelques minutes plus tard.

Glen était en santé et actif, et n'avait jamais montré de signes d'épilepsie. Mais ce soir-là, sans avertissement, son corps s'était mis à trembler violemment. Durant la crise, il était tombé du lit et s'était frappé la tête.

Quand les infirmiers ont commencé leur travail sur Glen, sa mère a tenté de convaincre Floyd de rester à l'écart, mais sans succès. Il a réussi à s'éloigner d'elle et à retourner à côté du lit. Inquiets et effrayés, les infirmiers ont permis au chien de rester seulement lorsqu'ils se sont aperçus que Glen était aveugle et que c'était son chien-guide. Les jours suivants, pendant que Glen reprenait des forces, Floyd ne quittait presque jamais sa chambre.

Glen a eu une commotion et n'est pas retourné à l'université pendant quelques semaines. L'épilepsie avait été contrôlée, mais l'attaque l'avait rendu amnésique. Il avait fréquenté ses cours universitaires pendant un mois, mais il ne s'en rappelait pas. Il a relu ses notes qu'il avait dactylographiées et transcrites en braille et ne se rappelait pas les avoir même écrites.

Glen a dû laisser tomber la moitié de ses cours et se mettre à réapprendre tout ce qu'il avait oublié. Il n'aurait pas eu le courage de retourner à l'université si ce n'avait été de Floyd.

— En fait, il m'aurait été impossible de le faire sans Floyd, dit-il. La marche jusqu'à l'autobus, le long trajet et ensuite les déplacements sur le campus — je n'aurais jamais été capable de le faire si j'avais eu à utiliser une canne.

Durant cette période difficile, Floyd n'était pas seulement les yeux de Glen, mais aussi sa mémoire. Il y avait toujours aussi la peur d'avoir une autre

Photo : compliments de Glen Murphy

Floyd

attaque dans la rue, mais Glen savait qu'il était en sécurité avec Floyd. Le chien ne le laisserait jamais.

— Je me demande vraiment parfois ce qu'il serait arrivé ce soir-là si Floyd n'avait pas réveillé ma mère, dit Glen. Les gens meurent parfois durant ces attaques. Floyd ne m'a jamais quitté. C'est un chien extraordinaire.

Floyd est retraité maintenant et vit avec Dave et Audrey MacDonald et leurs adolescentes, Lindsay et Holly, à Kanata, en Ontario, et Glen a un nouveau chien — un labrador-retriever nommé Rusty. Floyd s'est adapté admirablement à sa nouvelle famille. Ils l'aiment beaucoup et sont très fiers de lui. Il a appris à se détendre et à profiter de la vie — il n'est pas rare de le voir étendu au soleil, sur la pelouse, avec les enfants sur lui. Ses jours de chien-guide sont terminés et il profite d'un repos bien mérité — mais il accompagne toujours Audrey et lui fait contourner les flaques d'eau.

Tia

TIA

Le labrador qui a rapporté un bateau

C'était une journée froide et venteuse. Il pleuvait abondamment. Sean Lingl et son ami, Danny Parker, commençaient à penser que leur décision d'aller à la chasse aux canards avait été une erreur. Assise entre eux, indifférente au mauvais temps et impatiente de se mettre au travail, il y avait Tia, le labrador-retriever chocolat de Sean.

Ils pagayaient un petit canot vers une île à l'embouchure du fleuve Nimpkish, au nord de l'île de Vancouver. Le vent qui soufflait à contre-courant fouettait l'eau en vagues de plus en plus grosses. La pluie et les vagues s'abattaient sur le devant du canot et l'eau clapotait à leurs pieds, augmentant de minute en minute.

Le canot tanguait d'une manière alarmante; il était de plus en plus difficile de pagayer. Le canot était construit de deux couches de plastique. L'air entre les couches était supposé rendre l'embarcation insubmersible. Cependant, Sean ignorait qu'il y avait un trou dans la couche extérieure, et l'embarcation prenait l'eau. Tout à coup, le canot s'est mis à pencher dangereusement d'un côté.

— Nous avons des ennuis, a crié Sean à Danny. Il vaut mieux revenir au rivage.

Ils ont tenté de tourner l'embarcation dans l'autre direction, mais le vent poussait le canot. Instantanément, il s'est retourné à l'envers.

Sean s'est retrouvé dans l'eau glaciale, agrippé au bord du canot. À ses côtés, son ami, Danny, s'agrippait lui aussi à l'embarcation. Ils ne voyaient Tia nulle part.

«Elle doit être coincée sous le canot», pensait Sean, qui la cherchait désespérément à tâtons. Il a fini par la trouver et l'a tirée au-dessus de l'eau. Il l'a laissée aller, pensant qu'elle allait nager jusqu'à la rive.

Après avoir secouru Tia, Sean s'est concentré sur son propre problème. Danny et lui portaient tous deux des bottes de pêche jusqu'à hauteur de poitrine. Sean était inquiet. Il avait déjà entendu des récits de gens qui avaient coulé parce que leurs bottes s'étaient remplies d'eau ou qui avaient basculé à cause de l'air qui restait coincé dans les hautes bottes.

Ils étaient dans l'océan Pacifique, au beau milieu de l'hiver. L'eau était glaciale. S'ils ne sortaient pas immédiatement, le froid les tuerait.

Tout à coup, Sean a réalisé que le canot avançait dans l'eau. Il a regardé vers l'avant et a vu Tia, les amarres retenues fermement entre ses dents, qui nageait vigoureusement vers la rive. Aussitôt qu'ils se sont rendu compte de ce qu'elle faisait, Sean et Danny se sont mis à l'aider le plus possible en donnant des coups de pieds dans l'eau.

Ils étaient à environ 100 mètres de l'île de Vancouver, et les eaux étaient déchaînées. Malgré tout, Tia avançait fermement. Les pieds des deux hommes ont finalement touché le fond et ils ont titubé jusqu'au rivage.

Une fois sur la terre ferme, le vent traversait leurs vêtements trempés. Désormais, ils avaient vraiment froid. Ils ont couvert en courant la courte distance qui les séparait du camion, avec Tia qui s'ébattait sur leurs talons. Les *hommes* avaient souffert, mais les labradors n'aiment rien de mieux que l'eau glaciale, et Tia ne se ressentait pas de sa baignade. Sean et Danny, cependant, étaient contents de n'être qu'à quinze minutes de la maison et des vêtements chauds et secs.

L'exploit de Tia était si invraisemblable que Sean était d'abord réticent à en parler à quiconque, sauf à son épouse, Marnie. Voyez-vous, Tia n'avait que trois jambes. Sean a eu Tia quand celle-ci n'était qu'un chiot. Les labradors-retrievers sont des chiens qui ont énormément d'énergie et qui ont besoin de beaucoup d'exercice. Sean avait pris l'habitude de la faire courir régulièrement. Un jour, il y avait un fossé plein d'eau le long de la route où ils se promenaient. Si les labradors voient de l'eau, ils *doivent* y aller. Cela semble être la règle. Alors, bien entendu, Tia s'était jetée joyeusement dans le fossé et s'était mise à courir dedans. Malheureusement, quelqu'un avait dû y jeter une bouteille qui s'était cassée. Tia avait jappé et était ressortie du fossé ensanglantée. Sean l'avait examinée et avait découvert qu'elle s'était coupé très gravement le coussinet de la patte arrière droite.

Sean l'avait menée chez le vétérinaire mais, parce que la coupure traversait entièrement le coussinet, il avait été incapable de le coudre. Il lui avait fait un pansement et ils avaient tenté d'empêcher Tia de marcher dessus. Mais malgré leurs soins, la patte s'était infectée et l'infection s'était répandue dans la jambe. Ils avaient amené Tia dans un hôpital pour animaux à Campbell River. C'est là que les médecins avaient tenté durant trois jours de sauver sa jambe, puis avaient finalement avisé Sean qu'elle devrait être amputée.

— Nous avons pensé la faire piquer, dit Sean. Je ne voulais pas la voir immobilisée.

Mais le vétérinaire lui avait dit qu'il se pouvait très bien que Tia puisse se débrouiller avec seulement trois jambes.

— Effectivement, il arrive souvent que le propriétaire prenne plus de temps à s'y habituer que le chien lui-même, avait-il dit.

Sean ne voulait pas perdre Tia, c'est pourquoi il avait accepté l'opération.

— Dès la première journée de notre retour à la maison, elle attrapait des bâtons et voulait courir, dit aujourd'hui Sean. Nous avons dû la ralentir. Elle s'est adaptée tout de suite. C'était comme si elle ne s'était même pas rendu compte qu'il lui manquait une jambe.

Tia peut courir presque aussi vite qu'avant et sauter par-dessus n'importe quel obstacle sur son chemin. Le seul moment où elle éprouve un peu de difficulté, c'est en escaladant des collines ou dans des endroits rocheux. Elle a tout de suite repris son travail qui est de ramener les canards à Sean lorsqu'ils vont à la chasse, et saute dans l'eau sans aucune difficulté. Ramener des balles demeure toutefois son jeu préféré. Elle ne s'en lasse jamais.

— Quand vous en avez assez de jouer avec elle, elle veut toujours continuer, dit Sean. Elle vous suit partout avec la balle, la laisse tomber sur le sol devant vous et la pousse du museau jusqu'à ce qu'elle roule sur vos pieds.

Comme la plupart des labradors, Tia est parfaite également avec les enfants. Marnie, la femme de Sean, vient d'une famille nombreuse, donc en plus de leurs deux filles, ils sont souvent huit ou neuf nièces et neveux à la maison. Souvent on peut voir les enfants se coucher sur elle, tirer ses poils et ses moustaches. Elle ne bouge pas et adore cela. Elle joue plus rudement avec Sean, mais lorsqu'il s'agit des enfants, elle est la douceur même.

Tia a reçu le prix *Ralston Purina Animal Hall of Fame* pour son intelligence et sa bravoure. Elle a beaucoup aimé le voyage à Toronto avec Sean et Marnie pour recevoir son prix : le traitement de première classe dans un grand hôtel, un gardien spécial pour chien et le déplacement en limousine partout où elle allait lui convenaient parfaitement.

Et Sean Lingl et Danny Parker croient qu'elle l'a bien mérité.

LE TERRE-NEUVE

Descendant des mastiffs et ramené au Canada par des pêcheurs basques, le terre-neuve est un chien massif à la fourrure épaisse et longue qui le protège du froid. Il a des os très robustes et ses pattes palmées lui donnent une grande aisance dans l'eau. Les pêcheurs l'utilisaient pour ramasser à la nage les filets qu'ils avaient tendus dans les eaux glaciales, au large de la côte de Terre-Neuve.

Très souvent, les vieux voiliers gardaient à bord un terre-neuve pour sauver les malheureux marins qui étaient entraînés par-dessus bord durant les tempêtes. Il circule plusieurs récits de terre-neuve qui ont accompli des sauvetages héroïques. Un terre-neuve a déjà nagé jusqu'à la côte avec, dans la gueule, les cordages d'une embarcation en train de couler au large des côtes de la Nouvelle-Écosse et a aidé à sauver les passagers et l'équipage. Ce terre-neuve s'est vu décerné une médaille par la célèbre compagnie d'assurances Lloyd's of London. D'après les récits, un autre terre-neuve a sauvé l'empereur français Napoléon de la noyade. On utilise même les terre-neuve comme surveillants sur certaines plages de France.

SHANA

La chienne qui a vaincu sa frayeur pour sauver sa maîtresse

Shana était une chienne intelligente, affectueuse et débonnaire, ressemblant au terre-neuve en tout point sauf un : elle avait peur de l'eau.

Dorothy Laurin s'était procuré sa chienne chez un éleveur de Pincher Creek, en Alberta, quand elle n'avait que sept semaines. À neuf mois, Shana avait fait l'erreur de trop se pencher au-dessus de l'eau et elle était tombée en bas du quai. C'était sa toute première expérience avec l'eau. Elle avait paniqué en sentant l'eau lui recouvrir la tête et avait failli se noyer. Le temps qu'elle arrive à comprendre comment nager et qu'elle revienne à la rive, elle avait décidé que, terre-neuve ou pas, les eaux profondes n'étaient pas pour elle.

Shana venait de sept générations de chiens d'exposition champions, mais Dorothy ne voulait pas la mettre dans l'arène. Shana était plutôt devenue l'animal de compagnie chéri de la famille. Elle adorait les enfants. Lors de ses promenades à la ville, elle passait à côté de tous les adultes et de tous les chiens sans ralentir, mais aussitôt qu'elle voyait un enfant, elle devenait très agitée et voulait jouer. Rien ne lui faisait plus plaisir que d'être attelée à la charrette de Kevin, le fils de Dorothy, pour promener les enfants. Elle l'aidait même à livrer les journaux sur son trajet de distribution. Dorothy se rappelle du jour où Kevin avait plus de deux cents journaux à livrer et il avait demandé à sa sœur, Michele, de l'aider.

— Je ne connais pas tes clients, avait protesté Michele.

— Shana les connaît, avait répondu Kevin.

Ainsi, pendant qu'il s'occupait de la distribution sur un côté du chemin, Michele se chargeait de l'autre avec Shana. La grosse chienne noire tirait la charrette et s'arrêtait devant chaque maison où un client prenait le journal. Elle connaissait le trajet sans aucun doute.

Shana ne jouait pas avec une balle, mais elle aimait les pantoufles en peluche. À chaque Noël, elle en recevait une nouvelle paire en cadeau. Non — elle ne les portait pas! Elle s'assoyait sur le plancher, la pantoufle dans la gueule, et Kevin attrapait l'autre bout pour jouer à la lutte à la corde. Avec toute la force de ses muscles puissants, Shana le tirait à travers la pièce. Son meilleur ami était le chat de la famille; on les voyait souvent dormir pelotonnés ensemble.

Faire la toilette de Shana pouvait parfois s'avérer un défi. Bien qu'elle appréciait une fois que le brossage commençait, elle s'inquiétait à la vue de la brosse et du peigne. Dorothy se souvient d'un jour où son mari, Herman, avait sorti les accessoires de toilette et Shana avait bondi sur le canapé, en essayant — sans succès — de cacher sa masse de cinquante-cinq kilogrammes derrière le pauvre Kevin.

Shana adorait la forêt et avait sa propre tente pour camper avec la famille. Elle n'osait jamais nager à la plage, mais elle possédait sa piscine privée. Dorothy et Herman lui avaient acheté une piscine pour enfants pour se rafraîchir durant les chaleurs estivales. Elle était peu profonde et juste assez grande pour qu'elle puisse s'y étendre, donc elle ne la trouvait pas menaçante. En fait, Shana voulait souvent sortir durant les chaudes soirées d'été, et pendant que Dorothy et Herman attendaient impatiemment pour la faire entrer, ils pouvaient l'entendre patauger. Shana prenait un bain de minuit.

Le 16 août 1988, une tempête inattendue s'est abattue sur Calgary, en Alberta. Ce soir-là, Dorothy et Herman étaient assis dehors et parlaient à leur voisin qui était en train de tondre la pelouse. Le temps était calme et chaud — ils ne se doutaient pas du tout de ce qui allait se produire. Aux environs de sept heures, le voisin a regardé le ciel.

— Je fais mieux de me dépêcher, a-t-il dit. On dirait qu'il va pleuvoir.

Les nuages étaient noirs et avançaient rapidement. Dorothy et Herman sont rentrés dans la maison.

Une averse de pluie s'est abattue et, quelques minutes plus tard, il pleuvait à torrents. Peu après, il s'est mis à grêler. L'eau montait et, d'abord les rues, puis les pelouses étaient inondées. Dorothy et

Herman ont entendu un fracas et un bruit de verre cassé qui venaient du sous-sol. Ils ont descendu en vitesse et se sont aperçus qu'une fenêtre avait cédé à cause de la pression et que la maison commençait à se remplir d'eau. Dorothy s'est dirigée vers la porte avant, suivie de près par son mari, mais dès qu'elle l'a ouverte, elle a été engloutie et emportée dans un torrent d'eau. La rue s'était transformée en une rivière démontée remplie de glace.

— Je ne pouvais me raccrocher à rien, dit Dorothy. Je résistais du mieux que je pouvais. Si j'avais coulé, je ne serais pas ressortie.

Elle a crié à l'aide, mais avant que son mari ne puisse faire quoi que ce soit, Shana, le chien qui avait une peur mortelle de l'eau profonde, plongeait. Sans la moindre hésitation, elle a nagé vers sa maîtresse qui se débattait. Dorothy s'est accrochée à son poil long et épais. En nageant avec force, Shana l'a tirée jusqu'à la maison des voisins qui surplombait la rue.

Il ne s'était passé qu'une demi-heure environ entre le temps où Dorothy et Herman bavardaient avec leur voisin et celui du sauvetage de Dorothy. Mais dans cette courte période, ils avaient perdu toutes leurs possessions dans le sous-sol. Les chambres de Michele et de Kevin s'y trouvaient, ainsi que la buanderie, la salle de couture et la salle de bains. L'eau avait monté jusqu'au plafond, et tout ce qui se trouvait dans ces pièces avait été emporté ou détruit — rien n'avait pu être sauvé.

Michele était partie en vacances — les quelques vêtements qu'elle avait apportés étaient tout ce qu'il lui restait de ses possessions. Kevin avait, lui aussi, tout perdu. Heureusement, il travaillait ce soir-là. C'était sa fenêtre qui avait cédé, et s'il avait été dans sa chambre, la porte fermée, il aurait été en difficulté quand l'eau était entrée en cascade.

Shana a reçu deux prix pour son héroïsme et a été le sujet de plusieurs articles, dont celui du magazine *Dogs in Canada*. Tristement, Shana est morte de cancer en octobre 1992, à l'âge de neuf ans. Dorothy Laurin ne l'oubliera jamais, cependant, ni sa famille. Shana était une chienne qui était capable de surmonter sa pire peur afin de sauver sa meilleure amie.

Shana avec Dorothy, Herman et Kevin

Photo : compliments de *Perth Courier*

Euchre et le sergent Killens

EUCHRE

Un chien de service

Le sergent Don Killens de la police provinciale de l'Ontario s'était procuré Euchre (Yu-ker) quand le chien n'avait qu'un an et demi. Euchre avait appartenu à un couple âgé qui avait décidé que le beau chiot qu'ils avaient ramené à la maison était devenu un trop grand fardeau pour eux.

Euchre, un gros berger allemand brun, avait passé avec succès toutes les épreuves initiales et l'entraînement. Ce n'était plus un animal de compagnie, mais un chien de carrière. Et quelle carrière! Durant sa vie active, Euchre a aidé à traquer et à capturer des criminels et a trouvé ou aidé à trouver plusieurs personnes disparues dans les environs de Perth, en Ontario, où l'agent Killens travaille.

On raconte plusieurs anecdotes au sujet de Euchre. Il se peut que les criminels n'aient pas tellement apprécié les talents de traque de Euchre, mais plusieurs autres, comme Bill Beattie, ont des raisons d'être reconnaissants. Bill était en expédition photographique dans le secteur est du parc Algonquin quand il est tombé d'une falaise. Il était bloqué sur une saillie. Quatre jours plus tard, assoiffé et fatigué, il avait quasiment atteint sa limite d'endurance. C'est à ce moment qu'un gros chien brun avait sauté jusqu'à lui, lui avait léché le visage et s'était étendu à ses côtés. Euchre avait décelé son odeur — dans le vent.

Le travail de Euchre était souvent risqué quand il traquait des personnes armées et dangereuses. Mais il avait un avantage important.

— Les chiens traquent silencieusement, et nous arrivons si rapidement que nous surprenons les malfaiteurs, dit l'agent Killens.

Un jour, Euchre avait trouvé plus qu'un malfaiteur. L'agent Killens et lui traquaient un criminel qui avait fait un vol dans une maison, quand Euchre s'était soudainement éloigné de la piste et s'était mis à flairer quelque chose. L'agent Killens avait regardé par terre et avait vu un chiot âgé d'une semaine qui gémissait. Il l'avait ramassé et l'avait amené avec lui. Un peu plus tard, Euchre avait réussi à traquer le voleur qui avait été arrêté. Dans sa poche, il y avait un autre chiot d'une semaine. Les agents de la police provinciale ontarienne avaient pu relier les chiots au vol, et les deux avaient été retournés sains et saufs à leur mère.

Le caractère doux et patient de Euchre a aussi été mis à contribution. L'agent Killens l'amenait souvent avec lui dans les écoles pour faire des démonstrations; il l'avait accompagné à l'hôpital pour enfants de Toronto à l'occasion de la présentation d'un don à l'hôpital par les 16 dresseurs de chiens de la police provinciale ontarienne.

— Il parlait, dit l'agent Killens. Je lui disais de dire au revoir à un groupe d'enfants et il jappait. Je l'ai souvent amené dans des classes et il aimait beaucoup cela. Je montrais aux enfants le programme de base, puis je lui faisais faire des sauts et des escalades. Ensuite, j'amenais les enfants à l'extérieur, je choisissais un élève et je montrais au groupe comment Euchre traquait. «Vous devez féliciter souvent votre chien», leur disais-je. Euchre se retournait alors sur le dos pour se faire gratter le ventre.

Euchre avait même aidé à protéger le Pape et la reine d'Angleterre lors de leurs visites au Canada. En tout, il était l'exemple parfait d'un bon chien policier. Et il était plus que cela : par un samedi froid de la mi-avril, au début de sa carrière, Euchre était devenu un héros.

Il n'y avait pas longtemps que l'agent Killens et Euchre travaillaient ensemble quand l'appel est arrivé. Un garçon de 17 ans était disparu dans les bois près de Crosby, en Ontario. Christian avait son chien, Spud, avec lui. Il était venu de Montréal en visite et ne connaissait pas du tout les environs. Personne ne savait où il était allé. De plus, Christian avait des problèmes de santé et il était très important qu'on le retrouve rapidement. Des recherches intensives ont été organisées.

Le sergent Killens et Euchre, ainsi qu'un autre sergent et son chien, ont été appelés aux environs de six heures, ce soir-là, pour participer aux recherches. Il faisait environ 5 degrés Celsius, il y avait du brouillard et il bruinait légèrement.

— Le brouillard était si dense qu'on ne pouvait voir devant soi, dit le sergent Killens, c'est pourquoi je savais que j'aurais de la difficulté à trouver Christian.

Cependant, l'épais brouillard a aidé Euchre. Brouillard veut dire humidité, et plus il y a d'humidité dans l'air, plus facile est la traque. Les chiens de traque sont extrêmement habiles et peuvent suivre un radeau dans l'eau et même de fines particules de peau humaine ou des fils minuscules qui tombent des vêtements. Ils peuvent traquer à travers les villes et jusque dans les campagnes, en suivant des odeurs qui datent de plusieurs jours. Quand même, la nuit était arrivée, et la piste devenait froide. Euchre avait besoin de toute l'aide possible.

Euchre, attaché à une longe de trois mètres, les agents et l'autre chien ont commencé à chercher des odeurs. Ils ont fait des recherches toute la nuit et jusqu'au matin suivant. Si Euchre suivait une mauvaise piste, ils revenaient et essayaient de nouveau.

— Nous travaillons en utilisant tous les avantages possibles, dit le sergent Killens. Nous allons dans des endroits où personne n'est allé. Je travaillais sous le vent par rapport à l'endroit où nous pensions que le garçon se trouvait, ce qui me donnait un avantage.

Dimanche matin, à trois heures trente, d'autres chercheurs étaient appelés, de même qu'un hélicoptère et un troisième chien. Durant cette longue nuit froide, plusieurs volontaires locaux participaient aux recherches désespérées pour retrouver Christian.

Les recherches se sont finalement terminées aux environs de 10 heures ce matin-là, quand Euchre a capté l'odeur de Christian dans le vent.

— Une fois qu'ils captent cette odeur, vous n'avez qu'à les aider et à les encourager le plus possible, dit le sergent Killens.

C'est ce qu'il a fait. Il s'est retrouvé tout à coup devant Christian, gelé et tremblant.

— Comment vas-tu? lui a-t-il demandé.

— B-bien, a réussi à articuler le garçon.

On a ramené Christian et Spud à leur famille, très reconnaissante. En dépit du froid, Christian a survécu sans conséquences désastreuses durables.

— On retrouve en moyenne deux personnes par année qui seraient mortes autrement, dit le sergent

Killens. Retrouver une personne perdue est la plus belle récompense qui soit. J'ai le meilleur travail qui soit dans la police provinciale ontarienne.

Aujourd'hui, le sergent Killens travaille avec un autre chien, depuis que Euchre est mort. Ce dernier a travaillé loyalement pour le sergent Killens et la police provinciale ontarienne durant près de six ans — une longue période dans la vie d'un chien de carrière.

LES CHIENS POLICIERS

La plupart des chiens policiers ne sont pas élevés spécialement pour ce travail. Certains ont été rejetés par les éleveurs qui jugeaient qu'ils seraient inadéquats dans l'arène d'exposition. D'autres sont des chiens qui ont été dressés pour guider les aveugles et qui se sont avérés trop agressifs pour cette tâche. D'autres encore viennent de propriétaires qui n'arrivaient pas à les dompter. Plusieurs sont découverts par le biais d'annonces publiées dans les journaux.

Les dresseurs de chiens policiers veulent un chien agité et empressé de rapporter des objets, qui soit fort physiquement et mentalement, et qui ne craigne pas les armes. Ils recherchent un chien qui n'a pas peur des gens. Dans une épreuve où chien et agent se fixent avec insistance, ils veulent que le chien soit le vainqueur. Plusieurs races excellent dans la détection de bombes ou de drogues, mais les bergers allemands servent souvent à traquer. Ils sont forts, capables de travailler à la chaleur et au froid, et semblent avoir le meilleur tempérament pour le travail : agressifs, mais pas trop féroces.

Après avoir subi un examen médical approfondi, chaque chien est assorti soigneusement à un agent de police, pour former une «équipe K9». Ensemble, chien et dresseur suivent un cours intensif de 14 semaines débutant avec l'entraînement de base à l'obéissance. Le chien est entraîné à grimper des échelles et des escaliers et à escalader des murs de plus de deux mètres de hauteur. Il doit pouvoir sauter par une fenêtre, grimper des barils, garder son équilibre en marchant sur une poutre étroite et sauter plus de trois mètres en avant, à partir de la position assise. Puis, le chien développe ses habiletés à traquer et à flairer.

Les chiens sont aussi entraînés à protéger leurs dresseurs. Si un policier est frappé par un suspect, le partenaire de l'équipe K9 attaquera sans hésitation. Plusieurs agents doivent la vie à leurs chiens.

Le chien vit dans une niche à l'extérieur de la maison du dresseur. L'agent K9 conduit un véhicule spécial pour transporter son chien, et l'équipe doit être prête à répondre à un appel à n'importe quelle heure du jour et de la nuit. Mais, malgré le lien étroit qui se crée entre l'agent et le chien, leur relation en est une de travail — le chien n'est pas un animal de compagnie. Et, à chaque six semaines, l'équipe K9 prend des cours de recyclage afin d'entretenir leurs habiletés.

Photo : compliments de Tom VanImpe

Charlie et Tom

CHARLIE

Le chien qui désirait rendre le service

Charlie est un croisement de berger allemand et de chien esquimau, à la fourrure épaisse et douce de la couleur du miel crémeux et aux grands yeux bruns foncés. C'est la sorte de chien que vous regardez à deux fois quand vous le croisez sur la rue. Cela n'a pas toujours été ainsi. Son propriétaire, Tom Van Impe, l'a trouvé dans un refuge pour animaux, à Hamilton, quand Charlie avait environ un an et demi, et il était très différent.

— C'était le plus pitoyable et triste chiot que vous ayez jamais vu, dit Tom. Mais il était beau aussi. Vous pouviez voir qu'il promettait de devenir un chien adorable.

Tom était probablement le seul à voir cela. Charlie avait été maltraité, il était malade, sa fourrure était en lambeaux et il était maigre comme un clou. Il était effrayé par tout mouvement brusque et tout bruit sourd. Son air triste et malade ne l'apparentait nullement à un chien.

Leurs premiers mois ensemble ont été difficiles. En plus d'être effrayé par chaque bruit soudain — un raté d'allumage, même le craquement d'un feu — Charlie rampait chaque fois que Tom s'emparait d'un balai. Il était presque impossible d'en prendre soin et il s'enfuyait à la première occasion. À quatre ou cinq reprises, Tom a dû aller le récupérer au refuge pour animaux. Il commençait à penser qu'il avait accepté une tâche impossible.

Cependant, Charlie s'est calmé peu à peu. Rassuré par l'amitié et les soins de Tom, le chien se détendait. Tom pouvait l'emmener avec lui lorsqu'il allait à son travail, qui consistait à tondre les pelouses des environs. Voyager en camion avec Tom était devenu un plaisir, et Charlie aimait bien quand les clients de Tom sortaient pour le caresser.

Puis, une nuit, la maison de Tom a pris feu. C'était très tard en automne, presque au début de l'hiver. La maison était chauffée par un poêle à bois; Tom n'avait pas encore installé un détecteur de fumée. Un ami couchait sur le canapé dans le salon.

Aux environs de trois heures du matin, Tom a été réveillé par Charlie. Le chien est entré dans la chambre et jappait furieusement.

— J'ai cru qu'il voulait sortir, dit Tom, et je l'avais déjà fait sortir à minuit, alors je lui ai dit «Non, il est trop tôt. Allez, Charlie, nous ne sortons pas maintenant, retourne te coucher». Je me suis retourné et j'ai essayé de me rendormir. Il n'y avait rien à faire, cependant. Il a attrapé mon bras et m'a tiré hors du lit. En fait, il grognait après moi! Quand j'ai touché le sol, j'ai vu la fumée et j'ai réalisé que quelque chose n'allait pas.

Une étincelle avait mis le feu, on ne sait trop comment. Tom s'est précipité pour avertir son ami. Les deux, de même que Charlie, ont réussi à sortir de la maison en flammes et à appeler les pompiers, mais quand le feu a été sous contrôle, la maison avait déjà beaucoup de dommages. Les pompiers ont dit que Tom et son ami auraient pu facilement mourir d'asphyxie. Le chien que Tom avait guéri grâce à ses soins, nourri et aimé lui avait bien rendu en lui sauvant la vie.

Tom est maintenant marié, et la maisonnée s'est

accrue. Charlie a accepté Carol et ses trois fils et les a tout de suite aimés — mais c'était une autre histoire avec Kitty. Kitty et lui sont devenus depuis les meilleurs amis du monde, de même que tous les autres animaux. Il y a un autre chat, Ti-Cat, et un autre chien, Rocky. Il y a même un couple de tortues — des grosses tortues. Charlie a déjà tenté d'en ronger une pendant que Tom nettoyait le réservoir, mais il n'a fait qu'ébrécher un petit morceau de sa carapace.

Charlie débute ses journées en bousculant le lit et en se retournant sur le dos pour se faire caresser le ventre. C'est un chien de famille heureux, amical et satisfait, très loin du chiot misérable que Tom avait ramené à la maison il y a plusieurs années.

— Je crois vraiment que Charlie savait que je lui avais sauvé la vie en lui donnant un bon toit, dit Tom. Il m'a retourné le service en sauvant la mienne. Il est devenu mon meilleur ami. Il n'y a pas d'endroit où nous n'allons pas ensemble lorsque c'est possible.

Charlie a reçu le prix *Ralston Purina Animal Hall of Fame* pour son acte de bravoure.

Et Tom a acheté un détecteur de fumée.

Le lapin qui avait joint les rangs de la Marine

Quand la Deuxième Guerre Mondiale a été déclarée, Jock McGregor vivait aux États-Unis. C'était un sujet britannique et il voulait se battre pour son pays, mais il ne pouvait pas revenir en Angleterre. Il est venu au Canada plutôt et a joint les rangs de la Marine royale canadienne.

— Ce fut une chance pour moi, dit-il. Je me suis fait plusieurs bons amis et je ne regretterai jamais cette décision.

Au bout de quelques années, il a été appelé sous

les drapeaux sur le *Haida*, un destroyer canadien qui, en 1944, faisait des voyages de nuit sur la Manche, à la recherche de sous-marins allemands à abattre. Pendant la ronde de Jock, le bateau avait plusieurs mascottes, mais il en est une dont il se souvient avec affection.

Un soir, l'équipage du bateau, qui était en permission à Plymouth, est revenu à bord avec un petit lapin. Ils l'ont déposé sur la plate-forme de mitrailleuse de Jock. Au matin, lorsqu'il est allé nettoyer ses fusils, il a trouvé le petit lapin, d'environ huit centimètres de long, qui faisait le beau comme un chien.

Jock est descendu à terre et a demandé de l'aide aux auxiliaires féminines de la Marine royale britannique. Elles lui ont trouvé des feuilles de pissenlit —un gros sac plein — suffisamment pour une longue période.

Le lapin grandissait, encore et encore. Le médecin du bateau a prévenu Jock que les lapins ont une ouïe très sensible. Si le bateau entrait en combat, le choc produit par le bruit des canons pourrait le tuer. Il a conseillé à Jock de se débarrasser du lapin, mais Jock ne pouvait pas se résigner à s'en séparer.

Le bateau est effectivement entré en combat. Le

lapin a non seulement survécu, mais il est devenu l'animal de compagnie de l'équipage tout entier. Puis, une nuit, un des chauffeurs est arrivé avec une caisse de pommes de terre. Le lapin, qui était apprivoisé à ce moment, a entendu des pas et s'est approché en sautant, espérant probablement qu'il s'agissait de Jock qui lui apportait encore des feuilles de pissenlit. Le chauffeur n'a pas vu le petit animal et a jeté brutalement la caisse de pommes de terre sur sa patte, qui a été fracturée.

Jock a amené le lapin au médecin du bateau. Au début, le médecin pensait qu'il valait mieux l'achever, mais Jock l'a persuadé d'éclisser la patte. Le médecin l'a fait en utilisant deux petites tiges de bois et du plâtre de Paris.

— Il sautillait comme un petit marin blessé, dit Jock.

Quatre jours plus tard, le lapin commençait à ronger le plâtre jusqu'à ce qu'il cède. Jock trouvait que la patte avait bien guéri et que le lapin se portait bien, même s'il boitait encore.

Le médecin du bateau avait eu raison sur un point, cependant. Le lapin avait une ouïe sensible — et un talent hors du commun. Habituellement calme et paisible, le lapin se mettait de temps en temps à pousser de petits cris et à sauter. Au début, l'équipage du *Haida* avait été étonné par l'agitation du lapin, mais il avait bientôt appris ce qu'elle signifiait : l'ennemi approchait. Prévenus, ils se préparaient au combat. L'équipage est devenu de plus en plus persuadé des habiletés de prédiction mystérieuses du lapin.

Après un certain temps en mer, le *Haida* a réussi à couler un sous-marin allemand. Jock l'avait vu faire surface et avait ouvert le feu. La nouvelle de la victoire a été relatée dans les journaux d'Angleterre, de même que l'histoire du lapin. La duchesse de Kent a écrit une lettre à Jock lui demandant si son lapin pouvait se joindre au club des mascottes du Royaume-Uni qu'elle dirigeait, parce qu'il avait survécu tous les combats du *Haida*. Jock a rempli la demande qu'elle avait envoyée, comme l'a fait le capitaine Harry de Wolfe. Le lapin a signé après avoir encré sa patte sur un tampon et en l'apposant sur la demande.

La duchesse de Kent a retourné à Jock une lettre de remerciement et une médaille pour le lapin. La médaille lui était décernée pour sa fidélité et sa loyauté. Jock croit que c'est le seul lapin au monde à détenir un tel honneur.

Table des matières